——藍色的甲蟲——

Sherlock Holmes

SHERLOCK HOLMES

大偵探
福爾摩斯
藍色的甲蟲

離奇 的火災

「莉里，你今天剛滿21歲，已經長大成人了，我有些東西給你看看。」詹姆斯‧布圭夫挺着大肚子搖搖擺擺地走進書房後，向亭亭玉立的女兒說。

「爸爸，看你神神秘秘的，一定是很有趣的東西吧？」莉里笑問，「究竟是甚麼？」

「你過來吧。」布圭夫說着，用鑰匙打開了保險箱，取出一個長方形的木盒。

「你知道，我有心臟病，身體狀況並不好，誰知道會不會突然暴斃。所以在你出嫁前，必須先交待清楚。」布圭夫打開木盒子，取出一份文件後，坐在沙發上說。

「哎呀，爸爸，不許你說這麼不吉利的說話！」莉里瞄了一眼父親的大肚子，半開玩笑地說，「你只要按照醫生的吩咐，吃得清淡一點，多做運動，就一定會長命百歲呀！不，爸爸，你一定要活到100歲，不可以丟下我不管！」

「呵呵呵，好啦、好啦，承你貴言，我就

活到100歲吧。」布圭夫被女兒逗笑了，「不過，要交待的事情還得交待啊，**以防萬一**嘛。」

　　說着，他**鄭重其事**地坐好繼續說：「這裏有些合約、證券和借據，總值至少也有幾百鎊。還有，這是這個莊園的**地契**，我全都放在保險箱內的這個盒子裏，你要記住啊。」

　　「知道啦，我一定會好好記住的。」莉里笑着點點頭。

　　「啊，對了。」布圭夫從盒子裏撿出一張發黃的**信紙**，頗有感觸地說，「這是你的高祖——即是我的**曾祖父**——的遺物，除了地契外，它是我們家最古老的**文書**了。」

⑤

「是嗎？」莉里對發黃的信件並不感興趣，指着木盒中的一個小布袋問，「那麼，這個呢？這個是甚麼？」

「這個嗎？這也是高祖的遺物啊。」布圭夫説着，輕輕地撿起小布袋，從裏面掏出一隻晶瑩剔透的藍色小甲蟲。

「哇！好漂亮啊！」莉里不禁眼前一亮。

「呵呵呵，別以為它亮晶晶的很好看，其實只是一件小擺設罷了。」布圭夫笑着把大約一吋半長的小

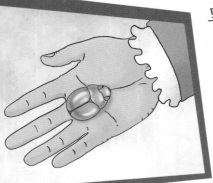

甲蟲遞了過去。

莉里接過小甲蟲細看，當她翻到甲蟲的底部時，卻看到一些**奇形怪狀的符號**，不禁問道：「咦？這些是甚麼？」

「看不懂吧？我也看不懂啊。」布圭夫說，「我早前認識了一位來自**埃及的學者**，在翻譯的協助下，特意請他鑑證了一下。他說這只是用玻璃燒製而成的擺設，底部

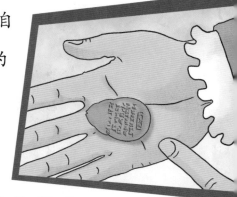

那些符號是埃及古代的**象形文字**，沒有甚麼特別的意思。」

「還以為是甚麼古董，原來只是件廉價擺設。」莉里**興致大減**，「不過，高祖為甚麼留下——」

「哇！失火了！失火了！救火呀！」

突然，一聲尖叫從院子傳來，打斷了莉里的說話。

兩人大吃一驚，連忙從格子玻璃門走出書房，往叫聲來處看去。

「啊！」原來不遠處的雜物房起火了。

「救人呀！火場中可能有人！」

「快拿水來！快！」

「水！拿水來！」

叫聲此起彼落，僕人們都紛紛聞聲而至，提着水桶去救火。

「走！我們也快去救火！」莉里一手拉起裙襬，**二話不說**就往火場奔去。

「**等等！危險啊！**」布圭夫嚇了一跳，

也慌忙挺起大肚子跟着跑去。他很清楚，莉里像個男孩子，**衝動**又**好勝**，不阻止她的話，說不定她會衝進火場中去救人。

火勢並不大，只花了半個小時左右就被救熄了。

「幸好火場中沒有人，否則就糟糕了。」布圭夫與莉里氣喘吁吁地回到書房後，猶有餘悸地說。

「呀！盒子呢？」莉里突然叫道，「盒子不見了！」

「啊……」布圭夫這時才注意到，原本放在書桌上的盒子已消失得無影無蹤。

「一定是我們去救火時，有人進來偷走了木盒子！」莉里說。

兄弟相殘

「事件的起端就是這樣了。」詹姆斯·布圭夫與女兒莉里一起到訪 貝格街221B ，向福爾摩斯說出了事情的經過。

布圭夫喝了一口華生端來的茶，神經兮兮地壓低嗓子道：「一個星期後，更奇怪的事情發生了。」

「啊？究竟是甚麼事情呢？」福爾摩斯問。

「那一天是6月15日，我收到一個沒有寄件人署名的郵包。」布圭夫看了一眼坐在旁邊的女兒，「郵包裏不是別的，竟然是那個被偷了的木盒子，它原封不動地被送回來了。」

「不，那隻藍色的玻璃小甲蟲不見了！」莉里連忙更正。

「啊，是的。文件全都送回來了，就差那隻藍色小甲蟲。」布圭夫點點頭說。

「你的意思是，小偷把值錢的東西全部送回來，卻取走了**一文不值**的玻璃小擺設？」在旁的華生插嘴問。

「不，證券和地契之類的文件都有我的名字，對小偷來說，那些只是不能變賣的**廢紙**而已。」布圭夫解釋道。

「不過，那小偷還**煞有介事**地附上一封信，說只是暫時保管甲蟲，日後一定歸還云云。」莉里以**不可置信**的語氣補充道。

「啊？竟有這種事。」福爾摩斯問，「你們把信帶來了嗎？」

「帶來了。」莉里從手袋中取出**信件**遞上。

福爾摩斯接過信件，發現封口上蓋了一個橢

圓形的蠟印，印上還佈滿了象形文字。

「唔？是古埃及的象形文字呢。」福爾摩斯詫異地問，「難道那小偷把小甲蟲上的文字印到蠟印上去？」

「沒錯。」布圭夫答道，「我雖然看不懂象形文字，但蠟印的大小和甲蟲底部的大小相約，而且文字的分佈也很相似。」

「是嗎？」福爾摩斯好奇地從信封中掏出信件，「唔？是用打字機打的信呢。」他看了看信中內容，並把它一字不漏地讀出。

DEAR OLD PAL,

I am sending you back some trifles removed in error. The ancient document is enclosed with this, but the curio is at present in the custody of my respected uncle. Hope its temporary loss will not inconvenience you, and that I may be able to return it to you later. Meanwhile, believe me.

Your ever affectionate,

RUDOLPHO

親愛的老朋友：

　　現把誤取的物品奉還，那封古老的信件亦在其中。不過，甲蟲暫時由本人尊敬的叔父保管。希望這不會為你帶來不便，稍後定必完璧歸趙。請你相信我。

魯道夫 敬上

「**魯道夫**是誰？」華生問。

「不知道。」布圭夫搖搖頭說，「我估計是**假名**。但不管怎樣，這顯然是個**惡作劇**。」

「是嗎？」福爾摩斯拿來放大鏡，仔細檢視蠟印上的

象形文字。他看着看着，嘴角泛起了一絲狡黠的微笑。

「又是這個耐人尋味的表情⋯⋯」華生心中暗忖，「難道他看出了些甚麼？」

不一刻，福爾摩斯抬起頭來說：「表面看確實像個惡作劇，但那隻一文不值的玻璃甲蟲看來並不簡單，我估計當中可能隱藏着不可告人的秘密。」

「不可告人的秘密⋯⋯不⋯⋯不會吧⋯⋯」

「而且，這個秘密——」福爾摩斯一頓，兩眼緊盯着一臉疑惑的布圭夫，加重了語氣說，「與『叔父』有關。」

「『叔父』？」布圭夫赫然一驚，「你⋯⋯你怎知道的？」

「嘿嘿嘿，我是夏洛克·福爾摩斯，我的工

作就是知道別人不知道的事情。」

My name is Sherlock Holmes. It is my business to know what other people do not know.

福爾摩斯笑道，「如果你知道『叔父』的含意，請原原本本地告訴我，否則我無法幫你找出真相。」

布圭夫皺起眉頭沉思片刻，鄭重其事地挪動了一下他那沉重的屁股後，終於吐露了心底的秘密：「家醜不出外傳，本來我不想說的，但為了找出真相，我只好坦白。小時候，家父曾對我說過，那隻藍色小甲蟲是一件不祥之物，最好不要碰它，否則會帶來厄運……」

我的曾祖父名叫**西拉斯**，他有一個弟弟叫**魯賓**。兩兄弟年輕時共同擁有一艘**私掠船***，西拉斯是船長，魯賓是大副，在私掠他國商船之餘，也常幹些上岸搶掠的勾當。

據傳，他們在南美一帶搶掠時，連教堂裏的東西也不會放過，是對**惡名昭著**的賊兄弟。後來，可能已賺夠了吧，兩人金盆洗手，在赫特福德郡的肖斯特德莊園住了下來。西拉斯擁有莊園的**主館**，魯賓則在距離主館不遠的**農場**居住。

兩人看來過慣了刺激的搶掠生活，一時之間難以適應**無風無浪**地安逸度日，但又不敢冒險**重操故業**，就借賭博來填補心靈上的空虛，故常常聚在一起賭錢。

---

* 私掠船：搶掠他國船隻的武裝民船。由於得到國家發出的「私掠許可證」，故可視作國家認可的海盜船。

一個**月黑風高**的晚上，西拉斯在魯賓的農場輸光帶去的錢後，悻悻然地回家捧來一個裝滿了珠寶的箱子再賭。據魯賓的僕人們說，兩人賭了一會後發生激烈爭吵，更聽到西拉斯怒罵魯賓**出千**，但他們不敢出來勸阻，只好裝作沒聽見。

第二天早上，他們醒來時卻發覺魯賓和那個**寶箱**都不見了，而且在兩人對賭的房間內還發現少許**血跡**。

當時大家都認為西拉斯一怒之

下把弟弟殺了，但他卻**矢口否認**。由於找不到屍體，大家又沒有確鑿的證據指控他，事件只好**不了了之**。不過，可能在眾人懷疑的目光下感受到沉重的壓力吧，西拉斯一聲不響就離家而去。後來，曾祖母收到他的來信，才知道他去了**埃及**定居，但他自始至終對魯賓失蹤一事**三緘其口**。

多年後，他患上絕症自知**命不久矣**，就悄悄地回到肖斯特德莊園，把一個封印了的小盒子交給曾祖母，並**千叮萬囑**，必須在獨子**威廉**21歲生日的那天，讓他打開盒子看看裏面的東西。

先祖遺訓

CAIRO, 4 March, 1755.
MY DEAR SON,
    I am sending you, as my last gift,
a few words of counsel on which I would
lieve me, there is much wisdom in the
it your own. Treasure the scarab as a
Handle it often but show it to none. O
Christian burial. It is your duty, and
but he shall make restitution.

    Farewell!

    Your affectionate father,
    SILAS BLOWGRAVE.

「那個盒子裏面藏着的，就是那隻被偷了的藍色小甲蟲和這封信。」布圭夫説着，從口袋中掏出一張發黃的信紙。

信上這樣寫着……

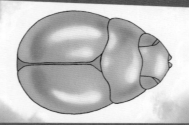

親愛的兒子：

　　這是愚父留給你最後的禮物和幾句遺言，希望你用心閱讀。相信我，這幾句遺言中藏有古埃及深邃的智慧，請好好領會當中含意。這隻甲蟲是很貴重的物品，你要好好收藏，閒來可細細品味一下，但切勿展露於人前。

　　此外，請你舉辦一個隆重的葬禮，好好埋葬叔父魯實。這是你的義務。只要按照愚父的吩咐去做，你必將獲得相應的回報。你的叔父雖然曾奪去愚父的財物，但他一定會向你付出補償的。

愚父　西拉斯・布圭夫

1755年3月4日 寫於開羅

「不過，我的**祖父**——即是曾祖父的兒子**威廉**——在21歲那天，雖然看到了這封信，卻沒有認真看待信中的**囑咐**。」布圭夫繼續憶述，「一來是因為曾祖父離家出走多年，父子倆的感情淡薄；二來是信中內容**隱晦難明**，根本不知道曾祖父想說甚麼；三來是他有殺弟嫌疑，祖父不想為了解讀信中內容而把事情張揚，畢竟，這是不宜外傳的**家醜**。」

「唔……」福爾摩斯想了想，問道，「但信中說『**必將獲得相應的回報**』，很明顯是

暗示那個不見了的**寶箱**呀。難道你的祖父不想找到它嗎？」

「祖父**淡泊名利**，對寶箱沒有甚麼興趣。而且，曾祖父兩兄弟為了錢財**骨肉相殘**，他更視那些珠寶如罪惡的化身。所以，他才會說那隻藍色的甲蟲會帶來**厄運**。」布圭夫歎了口氣說，「此外，更現實的問題是，大家都認為曾祖父與弟弟對賭時賭輸了，就算找到寶箱，也是屬於**魯賓的遺孤**。」

「原來如此。」福爾摩斯點點頭，「這麼說來，找到**寶箱**可能會為他帶來更大煩惱呢。」

「祖父的態度也影響了家父，他對尋找寶箱一事也毫不積極。到了我這一代，當然也**遵從祖訓**，不會去觸碰這個**禁忌**。」布圭夫看了一下莉里說，「竊案發生的那一天，是小女**21歲生日**，我只是按照傳統向她交代一下地契等重要文件放在哪裏，卻沒想到……」說罷，布圭夫苦惱地搖了搖頭。

福爾摩斯沉思片刻，問：「對了，**魯賓的後代**怎麼了？他們與你仍有聯繫嗎？」

「當然有。」莉里插嘴道，「先祖的恩怨已是很久以前的事，我們都不放在心上，兩家人的關係很好，

堂叔阿瑟就住在我家莊園旁邊的農場，還很疼我呢。」

「是的，我們兩家人互相關照，百多年來都**相安無事**。」布圭夫說，「不過，阿瑟月前身故，他**膝下無兒**，已把農場和所有財產傳給了他的表甥**哈勞特·保加**，現在仍在辦理遺產的繼承手續。」

農場　財產

「啊？有這樣的事？」福爾摩斯眼底閃過一下疑惑，「這麼說的話，要是找到了那個寶箱，就屬於哈勞特·保加了？」

「是的。」布圭夫領首道。

「**嘿嘿嘿**……」福爾摩斯別有意味地

説，「看來，甲蟲失竊案與你剛才説的那段**家族史**有關呢。」

「你的意思是？」莉里緊張地問。

「不是嗎？甲蟲竊賊的信件已顯露了**端倪**呀。」福爾摩斯分析道，「如果單是為了寫信告訴你們暫時保管甲蟲的話，為何要在**蠟印**上按上甲蟲底部的**象形文字**呢？」

「或許那個小偷想證明甲蟲在他手上呢。」華生説。

「不可能，因為他把地契等文件寄回來，已證明竊賊是他，甲蟲當然在他手上。」

「如果不是為了這個原因，又是為了甚麼呢？」布圭夫反問。

「為了引起你的好奇，希望你想辦法破解那些象形文字。就是說，想利用你找出那個寶箱！」

「福爾摩斯先生，你是否暗示，哈勞特就是那個小偷？」莉里有點生氣地說，「他雖然是找到寶箱後的最大得益者，但我可以向你保證，他不是鼠竊

狗盜之流，絕不會幹出犯法的勾當！」

「對，哈勞特很**正派**，不會來我家偷東西。」布圭夫也幫腔道。

「嘿嘿嘿，我並沒有說他就是小偷啊。」福爾摩斯道，「不過，在未查出真相之前，我也不會說他一定**清白**。」

「你不該懷疑他，我以人格擔保！」莉里漲紅了臉說。

「偵探的工作是為了**查明真相**，必須對所有人和事都抱着**懷疑的態度**。希望你明白。」

「**哼！我不明白。**」莉里霍的

一下站起來，「告辭了！」

「莉里！」布圭夫想阻止，可是莉里已**怒氣沖沖**地開門走下樓梯。

「福爾摩斯先生，我這個女兒甚麼都好，就是太過衝動。」布圭夫慌忙道歉，「這案子麻煩你深入調查，儘快破解那些象形文字。我會安撫莉里的了。」

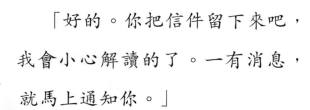

「好的。你把信件留下來吧，我會小心解讀的了。一有消息，就馬上通知你。」

「實在感激不盡。那麼，我告辭了。」布圭夫用手托着大肚子吃力地從椅上站起來，拴着手杖顫巍巍地下樓去了。

甲蟲上的密碼

「怎麼現在的年輕女性都像愛麗絲，又沒耐性又沒禮貌。」福爾摩斯待客人下樓的聲音走遠了，不禁搖頭歎息。

「別把愛麗絲扯進來，要不是你常常拖欠租金的話，她又怎會沒耐性和沒禮貌呢。」華生乘機嘲諷。

被刺着了痛處的福爾摩斯只好裝作沒聽到似的，馬上拿起放大鏡再次檢視信封上的蠟印，並把印在上面的象形文字逐一抄到

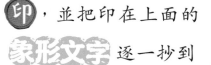

紙上。接着，他又用放大鏡像看**昆蟲標本**似的，把那封小偷寫來的信**逐字逐句**地看了一遍。

「我明白看蠟印上的文字要用放大鏡，但看**打字機**打出來的信也要用放大鏡嗎？太誇張了吧？」待老搭檔看完後，華生感到奇怪地問。

「一點也不誇張。」福爾摩斯放下放大鏡說，「打字機用久了必會有**損耗**，那些損耗就像人的筆跡那樣，都會留下**獨一無二**的瑕疵。只要細心檢視信上的字母，就能找出那些**瑕疵**，作為舉證的證據。」

「那麼，你找出了甚麼瑕疵嗎？」

「嘿嘿嘿，當然找到了。」福爾摩斯狡黠地一笑，把放大鏡和信遞給華生，「你自己看看吧，信中的u和n都有瑕疵。」

華生接過放大鏡細看了一會，説：「真的呢，u和n都有瑕疵呢。」

「如果莉里口中那個正派的哈勞特擁有一部打字機，而當中的u和n又有相同的瑕疵的話，那就證明──」

「啊！我明白了，那就證明他就是那個小偷！」華生搶道。

「沒錯。」

「那麼，我們是否該馬上通知布圭夫先生兩

DEAR OLD PAL,

I am sending y
document is enc
custody of my
inconvenience
Meanwhile, bel

父女？」

「稍安毋躁，待我解讀了那些象形文字後，再作決定吧。」福爾摩斯說着，從書架上取下一本字典，一邊對照着蠟印的手抄本，一邊把英文字母寫在那些象形文字下面。

不一刻，他已完成了整個工序，並指着自己的「譯本」說：「你知道我剛才為何說與『叔父』有關嗎？看看我的翻譯就明白了。」

華生探過頭去看，只見在象形文字下面，已有完整的英文翻譯：

UNKL RUBN IS IN TH MILL
FIELD SKS FT DOWN
CHURCH SPIR NORTH TN THIRTY
EAST DINGL SOUTH GABL NORTH
ATY FORTY FIF WST GOD SAF
KING JORJ

（魯賓叔父就埋在風車小屋那塊草地的6呎之下　教會尖塔之北10度30分東　峽谷之南　三角牆之家北面45度西　國王佐治萬歲）

「**啊！**」當華生看到第一個字「**UNKL**」*
時，隨即恍然大悟——剛才福
爾摩斯向布圭夫指出此案與

「**叔父**」有關，是因為看到
這個字！

「原來你懂得**古埃及的
象形文字**！太厲害了！」華
生驚訝地説。

「不，我只懂得**皮毛**，要認真地翻譯的
話，仍須查字典。」

「但是，布圭夫先生不是找過**埃及學者**
鑑證嗎？」華生不解，「既然如此，為何那個
學者説這些象形文字沒有特別意思呢？」

「嘿嘿嘿，你不僅『**觀察**』不行，連『**聆
聽**』也粗心大意呢。」福爾摩斯取笑道，「布

圭夫先生不是說過嗎？他請那位埃及學者鑑證時，是在翻譯的協助下進行的。這說明那學者不懂英語，當他看到這些用象形文字寫成的『英語』時，當然不明白當中的意思啦。」

「啊……我明白了。這等於一個只懂英語的人，不會看得懂用英文字母拼寫成的中文那樣。」

「這個比喻非常恰當，正是如此。」

「那麼，是時候去找布圭夫先生，按你的解讀去發掘魯賓的屍骨，並找出那個失蹤了的寶箱吧？」華生問。

? 關係

「不，這是個大動作，在未弄清楚莉里與頭號疑犯哈勞特的關係之前，我們都不可輕舉妄動。」

「為何要弄清楚他們的關係？難道你認為莉里有份參與盜竊？」華生訝異。

我們的大偵探斜眼看着華生，沒好氣地說：「還以為你比我更熟悉女人的心理，沒想到連他們是情侶關係也看不出來。」

「甚麼？情侶關係？」

「如果不是情侶關係，莉里一聽到我懷疑

哈勞特，就會**大動肝火**嗎？」福爾摩斯說，

「為免**打草驚蛇**，必須先摸清楚兩人的關係，我們才應揭開手上的**王牌**，協助布圭夫先生去發掘寶藏。」

「原來如此。」華生終於明白。

「況且，我還要繪畫一張**地圖**，證實一下自己的想法呢。」福爾摩斯別有意味地一笑。

哈勞特的背景

翌日一早，福爾摩斯已外出調查。華生也約了病人出診，直到 **夕陽西斜** 才回到貝格街221B。他在樓下抬頭一看，只見福爾摩斯已在窗邊 **若有所思** 地拿着煙斗。

「啊……看他那個神情，一定已掌握了不少情報！」華生心想。

為了快點了解調查進展，他 **三步併作兩步** 地走上了一樓，一打開門，就急不及待地問：「怎樣？已查明了莉里與哈勞特的關係嗎？」

「嘿嘿嘿，雖然費了一番工夫，但也給我查明了。」福爾摩斯狡黠地一笑，「**一如所料**，兩人是*情侶關係*，已發展了一年多，但莉里似乎對父親有所隱瞞，沒讓布圭夫先生知道自己與哈勞特的關係。」

「啊？她為甚麼要**隱瞞**呢？」

「家族恩怨。」福爾摩斯説，「布圭夫先生雖然説與堂親一家關係不錯，但因為**收購農場**一事，兩家人鬧得並不愉快。」

「**收購農場**？究竟是怎麼一回事？」

「我問了幾個人，他們是這樣説的……」

「**嘻嘻嘻**，謝謝你的打賞。對了，你想知道他們兩家人的關係嗎？我也是**道聽塗說**啦，是否事實不敢擔保啊。不過，想起來，一切都應該是為了那塊**土地**吧？對，是為了土地。年前，詹姆斯·布圭夫先生想收購阿瑟·布圭夫先生的農場，但那個阿瑟出名頑固，說農場是祖業，多多錢也不肯賣。兩人為此鬧得很不愉快。」一個**地產中介**繪影繪聲地説。

「關於收購農場的事嗎？我知道呀！不過，我不知道詹姆斯·布圭夫先生收購來幹甚麼，那塊地根本就**不值錢**嘛。他應該來收購我這塊地呀！我這塊地更肥沃，位置也更好啊！」附近一個**農場主**説。

43

「那塊地確實**不太值錢**，外人收購用途不大。不過，詹姆斯·布圭夫先生成功收購的話，卻可以與他自己的莊園**一同發展**，潛力就能發揮出來了。我認為是很不錯的投資，可惜他的堂弟不肯出讓。」一位熟悉地產買賣的**律師**說。

「原來如此。」華生聽完後點點頭說，「莉里一定知道父親與堂叔阿瑟的**過節**，難怪她不想父親知道與哈勞特交往了。」

「嘿嘿嘿，除了打聽到兩家人的不和之外，我還打聽到哈勞特**不光彩的過去**呢。」福爾摩斯繼續說。

「**哈勞特・保加嗎？**他是我的同學，本來不該在背後說他的壞話，但他實在太可惡了，我不得不說！你知道嗎？別看他長得英俊就是個**正人君子**，他唸中學時基本上是在打架中度過的，我也捱過他的拳頭。他非常頑劣，是校中**數一數二**的惡棍！」一個哈勞特的**中學同學**咬牙切齒地說。

「那個俊男嗎？你問他的事幹嗎？甚麼？有公司想聘用他，所以想知道他的**背景**？你找對人了，我對他的評價只有一句話——**千萬別僱用他！**原因嗎？很簡單，他曾經在我的證券行工作，卻私下動用客戶的錢來炒股票，實在太過分了！」一個**證券公**

司的老闆說。

「哼！我不想再聽到那個負心人的名字！我與他交往了半年，被他騙去了幾百鎊，要不是家父查出他曾被告上法庭，我還會繼續被騙下去呢！」哈勞特的前女友憤怒地說。

「此外，我還問了七八個認識哈勞特的人，他們對他雖然毀譽參半，但愈熟悉他的人就愈討厭他。我也到警局核實了，

他確實曾經與幾宗**詐騙案**有關，但每次被控告時都能成功脫罪，毫無疑問，他是個**狡猾的騙徒**。」福爾摩斯總結道。

「這麼說來，藍色甲蟲盜竊案真的可能與他有關呢。」華生說。

「是的。」福爾摩斯說，「很多罪案都與經濟利益有關，盜竊案更大多是因為**財迷心竅**引起的，哈勞特是找到寶箱後的最大得益者，他又有詐騙前科，從**個人品格**和**犯案動機**來看，**十有八九**與他有關。」

個人品格 + 犯案動機
哈勞特

「那麼，現在是時候通知布圭夫先生了吧？」

「不，個人品格和犯案動機都不是**證據**，我們不能就此作出指控。何況莉里與哈勞特正在**熱戀**中，莉里一定不願意相信男友是個偷甲蟲

的小偷。」福爾摩斯別有意味地一笑，「嘿嘿嘿，所謂**兵不厭詐**，必須用計誘使哈勞特主動把證據獻上，才可令莉里不得不接受**殘酷的現實**。」

「主動把證據獻上？怎可能呢？」

「你動動腦筋，自己想想吧。」

「又在緊要關頭**賣關子**嗎？太可惡了！」華生生氣了。

「喂！甚麼**緊要關頭**呀？」兩人身後突然響起一個聲音。

福爾摩斯被嚇了一跳，回身一看，原來不是別人，是我們熟悉的頑童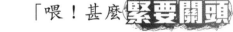。

「你怎麼門也不敲就闖進來！太沒禮貌了！」福爾摩斯罵道。

「哎呀，我每次敲門走進來，都被你罵個**狗血淋頭**啊。」小兔子說，「所以嘛，這次我就特意靜悄悄地**閃**進來啦。」

「你每次都敲門進來？那算是**敲門**嗎？那是**踢門**呀！」

「哎呀，別那麼小家子氣啦，人家腳癢嘛。況且，我已當你是我的**老爸**了，這兒不就是我的家嗎？」小兔子理所當然地辯駁，「難道回家也要敲門嗎？」

「**你！**」福爾摩斯氣結。

「算了、算了，別罵他了，想起來，小兔子也算是你的**半個兒子**，這兒確實是他的半個家。小兔子，叫福爾摩斯先生一聲**親愛的老爸**

吧。」華生趁機戲謔一番。

「**親愛的老爸！**兒子來了，有好吃的就快拿出來吧！」在華生的助威下，小兔子不客氣地攤大手掌。

福爾摩斯聞言，被氣得目瞪口呆。

「你的老爸那麼吝嗇，怎會請你吃東西。我這裏有你喜歡的，拿去吃吧。」華生拿出一根不知從哪來的紅蘿蔔。

「**哇！**太感謝了！**小爸！**」小兔子高興地奪過紅蘿蔔，使勁地咬了一口。

「甚麼？小爸？」華生幾乎反了白眼。

「哇哈哈，原來華生是**小爸**，那麼我當**老爸**

也不錯呢。」福爾摩斯乘機反諷。

「哎呀，你們不要**爭風吃醋**了。」小兔子又咬了一口紅蘿蔔，「剛才説甚麼**緊要關頭**，究竟是甚麼意思？」

「大人辦事，你懂甚麼，快滾吧！」福爾摩斯**下逐客令**。

「啊！我知道了！」小兔子自以為是地説，「一定是老爸和小爸欠租已到了緊要關頭，但又像**公雞孵不出小雞**那樣，拚了老命也交不出**租金**，對不對？」

聞言，福爾摩斯和華生馬上抓起雜物扔向小兔子，大罵：「滾！」

「哇！好恐怖呀！老爸和小爸一起欺負兒子呀！人間地獄呀！」小兔子叫叫嚷嚷，一溜煙似的奔下樓梯走了。

　　「都是你不好，在緊要關頭賣關子，害得

我被那個小屁孩揶揄一番。」華生抱怨。

「算了，既然你不肯動腦筋，我就告訴你吧。要哈勞特主動把證據獻上，方法其實很簡單，只要叫他打**一封信**給我，再對照一下那封小偷打的信，如果『n』和『u』都有相同的瑕疵，就能指控他了。」

「原來如此……」華生想了想，「可是，怎樣才能叫他打一封信給你呢？」

「嘿嘿嘿，收到信後再告訴你吧。」

兩天後，福爾摩斯拿着一封信在華生面前揚了揚，得意地笑道：「**看！信已到手了。**」

「啊！好厲害！」華生佩服地說，「究竟用甚麼方法弄到手的？」

「很簡單。」福爾摩斯說，「我借了一家地產中介的地址，假裝成**地產經紀**寫了一封信給他，說他的表舅父阿瑟曾想把農場賣掉，現在農場已由他繼承，據悉他也想**出售農場**，問他會否考慮由我們來做**代理**。」

「啊？阿瑟不是拒絕出售農場嗎？哈勞特肯定也知道呀。」華生訝異，「為何在信中說這個**不攻自破**的謊話呢？」

「嘿嘿嘿，我不是說過**兵不厭詐**嗎？這是誘使他回覆的**策略**呀。」福爾摩斯狡黠地一笑，「如果我只是說對

他的農場感興趣，他回覆的機率會低於**五成**。但故意瞎扯的話，他反而有必要澄清，獲得回覆的機率就超過**七成**了。」

「原來如此。」華生問，「那麼，你已檢視過信上的『n』和『u』吧？有發現嗎？」

「你自己看看吧。」福爾摩斯把信遞上。

「**啊……！**信上寫着會秉承表舅父阿瑟的遺願，暫時不會出售農場呢。」華生立即用放大鏡逐行檢視，「唔？『n』和『u』……都有瑕疵，而且**瑕疵**的位置……與甲蟲竊賊那封信的『n』和

『u』一模一樣呢！」雖然對結果早有預料，但華生仍掩不住驚訝。

「可惜的是，就算有這封信，我們也不能叫警察拘捕哈勞特。」福爾摩斯有點惋惜地說，「信末只是打上了他的名字，並沒有親筆簽名，不能證明是他寫的。」

「啊！」華生看了看信末，果然沒有親筆簽名。

「所以，下一步必須掘出**西拉斯的寶箱**，只有這樣才能接近他，然後趁機搜查農場，找出他的犯罪證據——那部**打字機**和那隻**藍色的甲蟲**。」

說完，福爾摩斯馬上寫了一封信給布圭夫，信上這樣寫道：

布圭夫先生：

　　您好！目前已調查過哈勞特・保加先生，知道他是個犬好青年，早前懷疑他是甲蟲竊賊，實在魯莽，引起令千金不快，我深感抱歉。不過，我已解讀了蠟印上的象形文字（請參看另紙的譯文），相信有十足把握找出埋葬魯賓屍骨及寶箱的地點。方便的話，我與華生兩天後登門勘探，到時請務必的哈勞特・保加先生一同見證，也順便向他表達歉意。

夏洛克・福爾摩斯　敬上

遲來一步？

收到布圭夫的回信後，福爾摩斯提着一個

行李箱，與華生登上了前往**赫特福德郡**的火

車。兩人在車上吃過簡單的午餐後，於2點半左右已來到了**肖斯特德莊園**。可是，與女兒莉里一起出迎的布圭夫一看到兩人，就不掩失望地說：「很高興你們親臨寒舍，但可惜的是──」

「**可惜的是，你們遲來一步了！**」未待父親說完，莉里已開聲搶道。從她的語氣中，華生看得出她對福爾摩斯仍有**敵意**。

「遲來一步？甚麼意思？」福爾摩斯不明所以。

「**跟我來吧！**」說着，莉里逕自領頭帶路，沿着大宅圍牆旁邊的小路走去。走了不久，他們來到了一片廣闊的草地上。在草地的一角，有一間殘舊的**風車小屋**。

「**這邊！**」莉里指一指前面，然後急步地走到距離風車小屋不遠的一處地方停了下來。

「**啊？**」華生看到，莉里腳下的草地似乎有被**翻動**過的痕跡。

三人走近後，莉里有點激動地指着地面說：「**你們看，有人曾挖過這裏！**」

福爾摩斯別有意味地向華生瞥了一眼後，蹲在地上摸了摸被翻過的泥土，說：「泥土**不太濕**也**不太乾**，看來是最近挖的。」

「**風車小屋**已荒廢了好多年，除了每個月來剪一次草外，我們和僕人都很少過來這裏。」布圭夫說，「今天是**剪草日**，僕人發現這兒被挖過，就馬上告訴我們了。」

「**哼！**一定是有人來把**寶箱**挖走了！」莉里氣憤地説。

福爾摩斯站起來一邊環視四周，一邊唸唸有詞地說：「教會尖塔之北……三角牆之家北面……幸好這些建築仍在……」

說罷，他從口袋中掏出一張手繪地圖看了看，然後狡黠地一笑：「嘿嘿嘿，有人企圖挖走寶箱是對的。可惜的是，他挖錯了地方。」

「甚麼？挖錯了地方？」莉里訝異。

「沒錯，那笨賊挖錯了地方，這兒根本沒有寶箱。」

遲來一步？

「**笨賊**？」布圭夫眉頭

一皺，臉上閃過一下痙攣，

「你怎知道的？」

不待福爾摩斯回答，莉里

就出言譏諷：

「哼！大偵探

先生，賊人比你 **早着先鞭**，

你輸得不服氣，就説他挖錯地

方吧？」

「啊？你不相信？」福爾摩

斯沉着氣説，「不信的話，可以**挖開地面**看

看啊。」

「**哼！**現在挖開又能證明甚麼？反正寶箱

已不在了！」

「嘿嘿嘿，你沒看過**象形文字**的**譯文**嗎？

寶箱是與魯賓的屍骨埋在一起的，就算賊人真的挖走了寶箱，總不會連屍骨也挖走吧？」福爾摩斯冷笑道，「如果挖開沒找到屍骨，不就證明賊人挖錯地方了嗎？」

「啊……」莉里細心一想，頓時語塞。

「莉里，不要爭論了。」布圭夫連忙打圓場，「福爾摩斯先生說賊人挖錯地方，一定有他的理由，不如聽聽他的解釋吧。」

「哼！」莉里不服，把頭撐到一邊去。

「我的解釋嗎？很簡單啊。」福爾摩斯不慌不忙地說，「因為，笨賊破解了令曾祖父西拉斯雕在甲蟲底部的象形文字，得悉寶箱的埋藏地點，所以就挖錯

了呀。」

「？為甚麼會這樣呢？」布圭夫並不明白，「倘若那賊人知悉了**埋藏地點**，應該挖對才是呀，怎會反而挖錯了呢？」

「嘿嘿嘿，因為他是**笨賊**，腦袋是盛水的呀。」福爾摩斯笑道。

「**笨賊**……腦袋是盛水的……？」布圭夫的臉上又閃過一下*痙攣*。

「不是嗎？他雖然破解了象形文字說明的方位，但**竟然不知道方位是會隨着時日的推移而變化的**，自然挖錯地方啦。」

「**一派胡言！**」莉里猛地轉過頭來駁斥，「方位怎會隨時日的推移而變化！難道130年前的

倫敦在我們**東邊**，現在會跑去了**西邊**嗎？」

「那當然不會。」福爾摩斯帶着譏笑地咂

咂嘴，「不過，如果用**指南針**來找尋130年前

所示的方位，就肯定會挖錯地方了。因為，指

南針會受**地球的磁場**影響，而這個磁場是會

因時日的推移而變化的。所以，指南針在

130年前所指的**磁北**，與現在的**磁北**肯定是不一樣的。」

「啊⋯⋯」布圭夫張大了嘴巴，恍然大悟地說，「**原來如此⋯⋯我真蠢，怎會沒想到這一點呢。**」

「這麼説的話，只要算出**磁北**在相隔130年後的*偏差*，就能找出正確的埋藏地點了？」華生問。

「這倒很難説。」福爾摩斯搖搖頭。

「甚麼意思？」布圭夫緊張地問，「算出偏差仍沒法找到**正確位置**嗎？」

磁場的秘密

「這要看西拉斯所說的北，究竟是指**磁北**還是 正北 。」福爾摩斯說，「如果是指磁北的話，只要算出相隔130年後的*偏差*就能找到。反之，如果指的是正北，那麼就**要以正北的方向來定位**了。」

「甚麼**磁北**、**正北**，都不知道你在説甚
麼。」莉里不耐煩地嘀咕。

「磁北是指**指南針**利用磁場的影響而測量
出的北面。正北是指真正的北面，即**北極點**的
方向，古人可通過觀察北極星而知道其方
位。」福爾摩斯不厭其煩地向莉里説，「令尊説
過西拉斯曾任**船長**，而觀察方位是船長的日常
工作，他一定知道磁北會隨時日的推移而變化。
所以，**我估計他是以正北來定方位，因
為正北是永遠不變的！**」

「這！」莉里又一次語塞。

「那麼，我們馬上以正北
來定方位找找看吧！」布圭夫
急切地説。

「**好呀！**」説着，福爾摩斯提起行李箱，逕

自往不遠處的草地走去。華生和布圭夫連忙跟上。莉里雖然萬般不願意，但也不得已地跟着走去。

福爾摩斯在草地上停了下來，他舉頭看了看四周，說：「大概在這附近吧。」

說完，他蹲下來打開行李箱，取出一個折疊式三腳架和一個軍用的指南針。他用指南針觀察了方位，再把三腳架拉開豎在草地上。

接着，他把指南針裝在三腳架上，再掏出

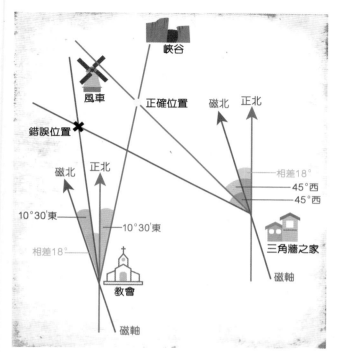

峽谷

風車

正確位置

錯誤位置

磁北　正北

相差18°
45°西
45°西

磁北　正北

10°30'東

10°30'東

相差18°

三角牆之家

磁軸

教會

磁軸

剛才那張**手繪地圖**，一邊通過指南針上的**照準孔**觀察，一邊參照地圖把三腳架移來移去。

最後，他從指南針上抬起頭來說：「幸好這兒沒人挖過，**寶箱**應該還在。」

「啊？就在這兒嗎？」布圭夫問。

「沒錯。」說着，福爾摩斯從行李箱中取出一枝長約1呎、又幼又尖的鐵棍，用力往地上一插，「**就在這裏！**不過，指南針可能略有偏差，挖的範圍要大一點，可以找幾個人來幫忙

挖掘嗎？」

「**可以！當然可以！**」

布圭夫興奮地點點頭，然後向女兒說，「馬上去叫三個人來，記住要帶**鋤頭**和**鐵鏟**！快去！」

「這……」莉里仍有猶豫。

「快去吧！」布圭夫催促，並提醒說，「順便帶幾張椅子來，看來得花兩三個小時才能搞定。」

「知道了。」莉里**半信半疑**地往大宅走去。

待她走遠了，福爾摩斯趁機問：「對了，那位**哈勞特‧保加先生**呢？他不來嗎？」

「呀！差點忘記了他。」布圭夫說，「他說下午有點事，會遲一點到。我們不必等他，先行挖掘吧。」

「原來如此。」福爾摩斯**若有所思**地想

了想。

　　十多分鐘後，莉里已帶着三個壯健的男僕匆匆地走回來了。

　　三個小時很快就過去，當挖到大約6呎深時，一個僕人驚呼：「有白骨！」

　　坐在椅上打瞌睡的福爾摩斯馬上跳起來，布

圭夫和華生也慌忙走到坑邊去看，只見一隻腳掌的白骨從泥土中伸了出來。

「啊……」三人不禁倒抽一口涼氣，在他們身後的莉里更被嚇得「哇」的一聲叫了出來。

「小心一點挖，這是先人的屍骨。」布圭夫提醒。

「知道。」僕人們馬上換上小鐵鏟，一點點地挖起來。他們只花了半個小時左右，就把

整副**骸骨**挖了出來。更驚人的是，枕在頭骨下面的，就是那個**傳說中的寶箱**！

「把箱子搬上來！」布圭夫的聲調中充滿了興奮。

「好的。」僕人們**小心翼翼**地移開頭骨，合力把那個佈滿鏽漬的鐵箱搬到坑口上。當他們正要把箱子放到地上時，箱底突然脫落，「**嘩啦**」一聲響起，金光閃閃的珠寶紛紛散落地上。

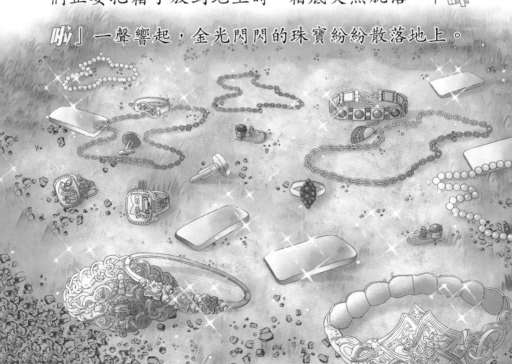

「啊⋯⋯」眾人都看得呆了。

「嘿嘿嘿，看來我來得正合時呢。」
忽然，他們背後響起了一個清脆的男聲。

眾人回頭一看，只見一個臉上掛着冷笑的**年輕紳士**已站在眼前。

珠寶的清單

「哈勞特，你來了！」莉里欣喜地叫道。

「是的，我來了。」哈勞特向莉里打了個招呼，指着地上的珠寶說，「這些是阿瑟表舅父的曾祖父留下的**遺物**吧？」

「你怎知道的？」福爾摩斯試探地問，「難道你也看過那些象形文字？」華生知道，老搭檔此問是個圈套，如果對方答「**是**」，就等於**不打自招**——承認自己是甲蟲竊賊！

「閣下一定是**大名鼎鼎**的福爾摩斯先生吧？」然而，哈勞特卻**不慌不忙**地答道，「你指的是甲蟲底部的象形文字嗎？我可沒看

過啊。不過，莉里讓我看過你的**譯文**，我當然

知道啦。」

　　聞言，布圭夫有點驚訝地問：「莉里，

你⋯⋯？」

　　「是的⋯⋯」莉里有點害羞地答道，「因

為……此事與他有關，我想事先讓他知道事件的……**來龍去脈**。」

華生以為女兒的**自作主張**會令布圭夫不高興，卻沒想到他只是歎了一口氣：「這也好，省得我再費唇舌解釋。」

說完，他吩咐僕人們找來一個木箱和一個布袋，先把**屍骨**放進木箱中，然後又命僕人撿起**珠寶**放到布袋裏。

「哈勞特，你是阿瑟的**繼承人**，這些珠寶是屬於你的。」布圭夫毫不惋惜地說。

「謝謝你。」哈勞特看了莉里一眼，有禮地應道，「詹姆斯叔叔，我知道你是個**公正的人**，如果你不反對的話，我現在就把珠寶拿走。」

「好的，那麼——」

「**且慢！**」福爾摩斯連忙搶道，「保加先生，據我所知你仍未完成繼承遺產的手續，珠寶應暫時交由**律師**保管，待完成手續後，你才可取回。」

珠寶
↓（保管）
律師
↓（完成手續）
哈勞特

「**是嗎？**」哈勞特爽快地説，「沒問題呀，就交由律師保管吧。」

「那麼，我們把珠寶拿到你的農場點算一下，列出**一張清單**，再由布圭夫先生與你簽名確認。我和華生醫生就擔當**見證人**吧。」

「你同意嗎？」布圭夫向哈勞特問道，「同意的話，我叫僕人請**米切爾律師**來辦理見證手續。」

　　哈勞特向福爾摩斯瞥了一眼，想了想，似乎在揣摩大偵探的用意，但最後仍點點頭說：「就這麼辦，先把珠寶拿到我的農場點算一下吧。」

　　「太好了！」有點擔心的莉里終於鬆了一口氣。

　　然而，一直默不作聲地在旁看戲的華生，卻心中暗想：「演出只是剛剛開始，好戲還在後頭呢。」

　　十多分鐘後，眾人已來到哈勞特的農場。
福爾摩斯打開布袋，把珠寶逐一放到一張圓桌
上。

　　「嘩！有手鐲、項鏈、耳環、戒指和金
條，實在太漂亮了！」莉里看着珠寶讚歎。

「是啊！」布圭夫説，「這些都是過百年的**古物**，看來值逾千英鎊呢！」

哈勞特雖然極力保持鎮定，但看着**垂手可得**的珠寶，也興奮得兩眼發光。

「保加先生，這裏有打字機嗎？」福爾摩斯**出其不意**地問，「物品清單是法律文件，用**打字機**打出來比手寫更好。」

「啊⋯⋯」哈勞特從耀眼的珠寶中回過神來，「**有！**書房有一部，我把它抬出來給你用吧。」

聞言，華生幾乎「噗

味」一聲笑出來。他佩服地暗想：「福爾摩斯真厲害！這樣的話，不就掌握了 **實證** 嗎？」因為，珠寶清單中的耳環（earring）和項鏈（necklace）都含有字母「**n**」，而只要在清單中提及珠寶（treasure）和先祖魯賓（Reuben）就可取得字母「**u**」。這麼一來，就有足夠 **樣本** 與竊賊的信件對照了！

不一刻，哈勞特抬來一部打字機，福爾摩斯馬上 **裝模作樣** 地一邊用放大鏡檢視珠寶，一邊打起清單來。過了一個小時，他才整理好一份清單，並讓布圭夫和哈勞特簽了名。這時，個子矮小的米切爾

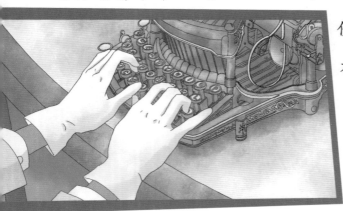

律師也匆匆趕到，在他的 見證 下，福爾摩斯和華生都在清單上簽了名。

「沒想到事情進展得這麼順利，一宗百年未解的**懸案**總算解決了。」布圭夫放下**心頭大石**地說。

「是嗎？」福爾摩斯揚了揚眉毛，「那隻**藍色的甲蟲**怎辦？我們還未找到它呀。」

「呀！對，你不提起的話，我差點忘記了。」布圭夫說，「不過，魯賓的**屍骨**和**寶箱**都找到了，能否找到那隻甲蟲已不重要啦。」

「嘿嘿嘿，布圭夫先生，藍色的甲蟲雖然不重要，但進入你家爆竊的**竊賊**可不能不抓啊。」

「但怎樣抓？目前一點線索也沒有呀。」

「不，線索早已有了，連**犯罪證據**也剛剛到手了。」

「犯罪證據？在哪裏？」布圭夫訝異。

「**就在這裏！**」福爾摩斯一手抓起那張**清單**，朗聲道。

竊賊落網

「**甚麼？清單是證據？**」布圭夫不明所以。

「對，你究竟在說甚麼？」哈勞特也按捺不住地問，「為何珠寶的清單是證據？」

「**嘿嘿嘿……**」福爾摩斯眼底閃過一下寒光，「**因為，這些清單是用甲蟲竊賊的打字機打出來的！**」

「你……你說甚麼？」
莉里大驚失色。

「**一派胡言！**」哈勞特屬

聲喝道，「打字機是我的，你那樣說，豈不是**暗示**我就是那個甲蟲竊賊嗎？」

「嘿嘿嘿，保加先生，你說得太客氣了。」福爾摩斯冷笑，「我說的可不是暗示，我已**丁一確二**地指出了──**你就是那個甲蟲竊賊！**」

說完，福爾摩斯施施然地掏出那封竊賊的來信，用放大鏡向眾人展示了信上的「n」和「u」。接著，又展示了清單上的「n」和「u」。

信上的 → n u
清單上的→ n u

「啊……！兩者的『n』和『u』都有**瑕疵**，而瑕疵竟**一模一樣**……」布圭夫詫異萬分。這時，眾人的目光都不期然地集中到哈勞特的身上。

「**不……不是**……不是我幹的，我沒偷

過藍色的甲蟲。」哈勞特慌張得**期期艾艾**地說，「我……我也不知道這是怎麼一回事啊！」

一直冷眼旁觀的米切爾律師看準時機，以專業的口吻說：「哈勞特‧保加先生，言多

必失，你現在最好**保持緘默**。如果不是你幹的，警方一定會查明真相的。」

「這……」哈勞特一臉委屈似的往莉里看去。

此時，莉里的眼裏已眶滿了**淚水**，她傷心地別過頭去掩面飲泣，無言地拒絕了哈勞特的求助。在**證據確鑿**之下，看來她已接受了**殘酷的現實**。

「各位，我現在去召警察來，你們不要離開這裏，也不要碰觸**打字機**等證物。」米切爾律師説完，就匆匆離開了。

華生和福爾摩斯以為哈勞特會找機會逃走，故一直緊緊地盯着他。但出奇的是，哈勞特只是**三番四次**向眾人説自己是**冤枉**的，看來並沒有逃跑的意圖。半個小時後，米切爾律師帶着幾個警察又匆匆地回來了。

警察向各人錄取口供後，已近黃昏。其間，他們在哈勞特的書房中，還搜出了那隻**藍色的甲蟲**。哈勞特立即被拘捕了。

「莉里！我是**冤枉**的！我不知道為何甲蟲會在書房裏！請你相信我！」哈勞特被押走時，仍哭喪似的**辯解**。但莉里把臉埋在父親的肩上痛哭，並沒有理睬。

「看來，最可憐的是莉里呢。」登上回倫敦的火車後，華生深有感觸地說。

「是的，其實哈勞特是賺了。他在獄中呆一年半載就能回復自由，到時不但可繼承阿瑟的農場，還冷鍋裏撿了個熟栗子，可以名正言順地取得價值逾千英鎊的珠寶。」

「這麼說來，你花了那麼大的氣力找出寶箱，表面上是破了案，實質上卻是為哈勞特作嫁衣裳呢。」

「嘿嘿嘿，純從金錢的角度，你可以這樣

看。」福爾摩斯不以為然地說，「但是，此案撕破了哈勞特的假面具，對布圭夫父女來說也是一件好事呀。你想想看，要是莉里嫁給了那個騙子，必會抱憾終生啊。」

「說的也是。」華生點點頭，「我們總算幹了一件好事。」

隆隆隆隆隆隆……

火車經過一座鐵橋，發出了巨大的聲響。此時，福爾摩斯和華生並不知道，他們其實犯了一個嚴重的錯誤，因為真正的得益者並非哈勞特，而是……

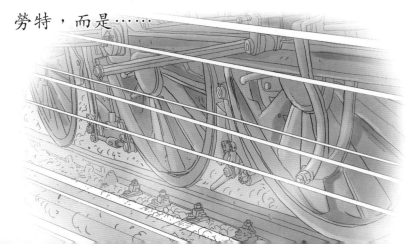

錯誤的推理

兩天後，**狐格森**和**李大猩**突然到訪貝格街221號B。

「啊？怎麼**不請目來**？不是又遇上了甚麼麻煩吧？」福爾摩斯語帶戲謔地說。

「**麻煩？**」李大猩不滿地說，「確實是有麻煩呀，不過是你為我們帶來的。」

「對，這是你和華生的簽名嗎？」狐格森掏出一張紙

遞了過去。

「我的簽名？」華生聽到自己的名字，連忙湊過去看。

他一看之下，不禁訝異：「咦？這不是那張珠寶清單嗎？怎會在你們手上的？」

「還用問嗎？當然是查案啦。」狐格森答道。

「啊？你們負責哈勞特的案子？」福爾摩斯感到奇怪，「這種鼠竊狗盜的小案也歸你們管嗎？」

「哼！我們才沒空管那種小案呢！」李大猩悻悻然地說，「那個叫哈勞特的傢伙半年前牽涉一起詐騙案，受害人是咱們局長的朋友，而且對方是國會議員，我們才不得不出手調查啊！」

「對，**殺雞焉用牛刀**，真浪費了我們這種一等一的人才啊！」狐格森不忘乘機**吹噓**。

「原來如此。」福爾摩斯說，「那麼，你們得**好好招呼**一下那個騙子，讓他吃多幾年牢

獄飯。不然，他一出獄就變成富豪，能天天享受**美酒佳餚**。」

「變成富豪？為甚麼這樣說？」狐格森問。

「你們不知道嗎？他會繼承一大筆**遺產**和清單上的**珠寶**呀。」

「**喂喂喂**，沒想到大偵探收集情報的能力如此不濟。」李大猩譏笑道，「哈勞特的表舅父阿瑟為了迫使表甥**改過自新**，特意在遺囑上寫明在自己死後他不得再次犯法，否則就會被**褫奪繼承權**。所以，他出獄時只會**不名一錢**，連吃頓最便宜的**炸魚薯條**也成問題呢。」

「竟有此事？」福爾摩斯和華生都大吃一驚。

「**嘿!**真正得益者只有一個人，那就是莉里，因為她

是遺產的**第二繼承人**。」李大猩續道，「哈勞特出了事，繼承權就落在她的手上了。」

「**甚麼……？**」福爾摩斯呆了半晌，「我記得莉里說過阿瑟很疼她，**原來……原來最大得益者是她**。」

「怎麼了？」華生覺得老搭檔**神情有異**，於是問道，「是哈勞特**自作自受**呀，由莉里繼承遺產不是更好嗎？」

「**不……**」福爾摩斯臉上閃過一下痙攣，「我們可能**受騙**了。」

「受騙了？甚麼意思？」華生詫異地問。

「等等，我必須整理一下思路，把整個**推理過程**重新檢視一次。」福爾摩斯說完，就走

到窗邊把煙斗點着，凝神地看着窗外的景色，
陷入了沉思之中。

　　李大猩和狐格森**面面相覷**，完全不知道
福爾摩斯在想甚麼。

　　不一會，福爾摩斯轉過頭來，向華生三人說
出了他**重新檢視**推理的結果。

福爾摩斯錯誤的推理

①哈勞特從表舅父阿瑟口中得悉先祖魯賓與西拉斯的恩怨，並知道西拉斯留下的遺物中可能藏有寶箱所在的信息。

②哈勞特去找莉里時，通過布圭夫書房的玻璃門，看到兩人正在檢視西拉斯的遺物。於是，他到雜物房放火，趁亂偷走內有藍色甲蟲和西拉斯古信的木盒。

③隨後，他破解了甲蟲底部的象形文字，並偷偷到風車小屋附近的草地挖掘寶箱，卻因不懂磁北與正北的分別而挖錯了地點。

④他以為自己解讀有誤，就留下甲蟲，並用打字機打了封以蠟印封口的信與木盒一起寄回給布圭夫。不過，他把象形文字印在蠟印上，想利用布圭夫找出寶箱的真正埋藏地點。

⑤布圭夫與莉里收到信後向福爾摩斯求助。福爾摩斯譯出象形文字的內容，得悉魯賓屍骨與寶箱的埋藏地點，並把譯文寄給布圭夫。莉里卻私下與哈勞特分享譯文。

⑥哈勞特看到譯文與自己的解讀一樣，於是靜觀其變，看看福爾摩斯如何找出寶箱的正確位置。

⑦福爾摩斯挖出寶箱後，哈勞特現身，以繼承人身份名正言順地要求取回寶箱。

⑧福爾摩斯借用打字機打出珠寶清單，證實竊賊的信也出自這部打字機，哈勞特因盜竊甲蟲而被捕。

○福爾摩斯修正後的推理○

①神秘人破解了甲蟲底部的象形文字，偷偷到風車小屋附近的草地挖掘寶箱，卻因不懂磁北與正北的分別而挖錯了地點。他以為自己解讀錯誤。

②於是，神秘人找幫手在布圭夫家的雜物房放火，趁亂假裝偷走內有藍色甲蟲和西拉斯留下的古信的木盒。

③接着，神秘人找幫手潛進哈勞特的農場，用哈勞特的打字機打了封以蠟印封口的信，並把象形文字印在蠟印上。同時，還把甲蟲放到哈勞特的書房中插贓嫁禍。

④然後，神秘人把蠟印封口的信與木盒一起寄回布圭夫家，為自己製造委託福爾摩斯解讀象形文字的藉口。

⑤福爾摩斯譯出象形文字，得悉魯賓屍骨與寶箱的埋藏地點，並把譯文寄給布圭夫。莉里卻私下與哈勞特分享譯文。

⑥神秘人看到譯文與自己的解讀一樣，於是靜觀其變，看看福爾摩斯如何找出寶箱的正確位置。

⑦福爾摩斯挖出寶箱後，哈勞特現身，以繼承人身份名正言順地要求取回寶箱。

⑧福爾摩斯借用打字機打出珠寶清單，證實竊賊的信也出自這部打字機，哈勞特因盜竊甲蟲而被捕。

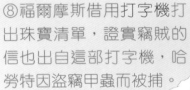

⑨由於哈勞特犯法，阿瑟的遺產由莉里繼承，寶箱落入莉里手中。神秘人得償所願。

那麼，
神秘人是誰？

「現在的問題是——**神秘人是誰？**」福爾摩斯總結道。

「哼！還用問嗎？」李大猩**自以為是**地說，「一定是**莉里**，她是最大得益者！」

「**英雄**所見略同，我也認為是莉里！」狐格森惟恐吃虧似的連忙和應。

「**嘿嘿嘿**，真的是**莉里**嗎？」福爾摩斯狡黠地一笑，「神秘人在挖錯地方時，她連藍

色的甲蟲也沒見過，神秘人又怎可能是她？而且，她與哈勞特正在**熱戀**中，又怎會向他**插贓嫁禍**？」

「那麼……」華生赫然一驚，「**難道是布赱夫先生**？」

「沒錯！」福爾摩斯眼底閃過一下**寒光**，「他才是整個案子的**始作俑者**！在案子發生前，只有他看過那封古信和甲蟲底部的象形文字。而且，他曾對阿瑟的農場**虎視眈眈**，加上珠寶**價值不菲**，只要讓女兒繼承了阿瑟的遺產，他日後就可**予取予攜**。」

「原來如此。」華生恍然大悟。

「現在回想起來，我也實在太愚蠢了。」

「為何這樣說？」華生問。

「不是嗎？案發後，竊賊把偷去的東西全

部寄回，卻毫無必要地**保留了甲蟲**，其插贓

嫁禍的目的（**彰彰明甚**），我竟視而不見。」福

爾摩斯反省道，「反之，如果竊賊是哈勞特的

話，一定會把甲蟲也一起寄回，因

為他根本沒有**保留甲蟲的動**

機。此外，

他知道自己

犯法就會失

去繼承權，

必定會克制一下，在遺產到手之前都不會**輕舉**

妄動。所以，甲蟲竊賊除了是布圭夫外，別無

他人！」

「**英雄**所見略同，我也認為甲蟲竊賊除

了是布圭夫外，別無他人！」狐格森**見風使**

舵，臉不紅耳不赤地馬上修正了剛才的看法。

「喂！你可以有點**原則**嗎？」李大猩罵道，「只懂得**拾人牙慧**，不害羞嗎？」

「拾人牙慧總好過**執迷不悟**呀！」狐格森反唇相譏。

「哎呀，你們別吵了。」福爾摩斯沒好氣地說，「哈勞特雖然有詐騙前科，但此案與他無關，必須為他**翻案**。」

「好！我們馬上去把布圭夫拘捕歸案！」李大猩興奮地說。

「**但證據呢？**」華生說，「就算剛才的推論正確，但一點證據也沒有呀。」

「是的，布圭夫插贓嫁禍的佈局天衣無縫，看來毫無破綻可言。」福爾摩斯也不禁皺起眉頭。

「那怎麼辦？難道眼巴巴地看着布圭夫逍遙法外嗎？」狐格森問。

「福爾摩斯，你的腦袋生鏽了嗎？」李大猩一把抓着福爾摩斯的衣襟喝道，「你不是倫敦首屈一指的私家偵探嗎？一定有破綻的，快開動腦筋，找出破綻吧！」

「對……不管一個人如何聰明，也總會有破綻的……」福爾摩斯自言自

語，「假的真不了，他的說話中一定隱藏了謊言。破綻……破綻究竟隱藏在哪裏呢？」

「呀！」華生突然說道，「他說看不懂象形文字，那一定是說謊！因為他雖然挖錯了地方，卻準確地以磁北定位，計算出挖掘的方位呀！」

「這個我知道，但倘若不能證明他讀懂了那些象形文字，我們對他也莫可奈何——」福爾摩斯說到這裏，突然止住。

「翻譯！是翻譯！破綻在翻譯裏！」在遲疑了數秒後，他瞪大眼睛叫道。

正確的邏輯

「甚麼意思？」李大猩問。

「布圭夫說通過**翻譯**，請教過一位**埃及學者**，但也沒讀懂那些象形文字。」福爾摩斯興奮地說，「當初我以此推論，認為那位埃及學者不懂英語，才不明白箇中意思。可是，我其實掉進了**自己設下的陷阱**。」

「自己設下的陷阱？**甚麼陷阱？**」華生並不明白。

「**邏輯的陷阱**。」福爾摩斯説着，作出了以下説明。

Ⓐ 錯誤的邏輯

布圭夫　　　　　　　　埃及學者　　　　　　　無法解讀
需要翻譯　（證明）　　不懂英語　（故此）　　象形文字

Ⓑ 正確的邏輯

埃及學者　　　　　　　布圭夫　　　　　　　　可通過翻譯
不懂英語　（故此）　　需要翻譯　（故此）　　解讀象形文字

「我掉進了Ⓐ的邏輯陷阱中，所以對Ⓑ的邏輯**視而不見**，犯了非常簡單的錯誤，實在慚愧。」福爾摩斯感到有點**無地自容**。

「哈哈哈，原來我們的大偵探也會出錯呢！」李大猩趁機取笑道。

「哼！福爾摩斯雖然犯錯，但也懂得糾正錯誤呀。」狐格森看不過眼**拔刀相助**，「你只

懂得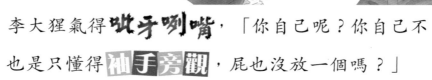地叫人找出破綻，不覺得害羞嗎？」

「你說甚麼？」

李大猩氣得齜牙咧嘴，「你自己呢？你自己不也是只懂得袖手旁觀，屁也沒放一個嗎？」

「哎呀，現在不是吵架的時候啊，快點去找那個翻譯吧！」福爾摩斯慌忙把兩人推開，「只

要他能證明布圭夫早已知道那些象形文字的

意思，你們就可把他拘捕歸案了。」

「**有道理！** 我馬上去辦！」李大猩説完，
已衝出門口，奔到樓下去了。

「**喂！等等！** 想獨佔功勞嗎？」狐格森
見狀，也慌忙追去。

「嘿嘿嘿……甚麼倫敦**首屈一指**的大偵
探啊，也不外如是罷了。他三番四次地説甚麼
偷甲蟲的人是『**笨賊**』，卻做夢也沒
想到，我這個笨賊**一箭雙鵰**，不但
利用他找到了寶箱，還利用他陷害
哈勞特，實在太痛快了！」
布圭夫坐在書房中冷笑，
「哼！那個哈勞特
也活該，以為我

不知道他是個騙子，竟迷惑我的寶貝女莉里。幸好阿瑟死得合時，又把莉里定為遺產的**第二繼承人**，否則我也沒有意欲破解甲蟲上的象形文字，把那個寶箱找出來呢。」

「只要莉里繼承了遺產，待這場風波過去，就可以叫她拆掉阿瑟的農場，把那塊地皮與這莊園一起發展作**度假村**。到時，不賺個**肚滿腸肥**也難呢！」

布圭夫想到這裏，喜不自勝地摸了摸自己的大肚子，「最令人驚喜的是，原來傳說是真的，西拉斯竟留下那麼多珠寶首飾，只要把它們拿去拍賣，我就能變成**富甲一方**的大富豪了！哇哈哈，實在太開心了！」

就在這時，門外突然傳來了一陣急促的腳步聲。接着，「砰」的一聲，房門被猛地推開了。同一剎那，兩個陌生人闖了進來，他們不是別人，正是我們熟悉的**李大猩**和**狐格森**！

「布圭夫！我們是蘇格蘭場的警探！」李大猩喝道，「你涉嫌**插贓嫁禍**，為了騙取阿瑟的遺產，**自導自演**一場甲蟲失竊案！現在，我們要把你拘捕歸案！」

「對！**束手就擒**吧！」狐格森也叫道。

「你⋯⋯你們搞錯了吧？我沒有插贓嫁禍，福爾摩斯先生不是已查得很清楚嗎？偷甲蟲的是哈勞特呀！」布圭夫慌忙辯解，「況且，得到遺產的並不是我，是我的女兒莉里啊。不相信的話，你可以去問問她。」

「爸爸⋯⋯」突然，莉里從門後出現，眼神中更充滿了悲傷。

「你來得正好，快向兩位警探先生解釋一下吧。」布圭夫說。

「爸爸⋯⋯我已知道全部真相了⋯⋯」莉里傷心地說，「他們找到了那位埃及學者的翻譯，他把向你解讀象形文字的經過原原本本地說出來了。此外，他們也找到了那個在

雜物房放火的家丁，警方已知道……知道放火……是你指使的。」

「甚麼……？這……」布圭夫頹然地垂下頭來，但他想了想，馬上又抬起頭來說，「我……我做的這一切，都是為了你好啊！你現在已很清楚了吧？那個哈勞特其實是個騙子，為了阻止你與他交往，我只好出此下策。你明白嗎？」

「爸爸，你不要再說謊了！」莉里悲痛欲絕，兩眼已眶滿淚水，「我知道你

一直想要農場那塊地，但堂叔阿瑟為了保護農場後面那片森林，死也不肯賣給你。你就……你就使計**陷害**哈勞特！他雖然是個騙子，但你又何嘗不是？」

「不，你誤會了！我是**替天行道**，完全是為了你的幸福而懲罰哈勞特的啊！」

「是嗎？」莉里擦去眼淚，毅然地說，「好吧！那麼我就把農地免費給附近的貧農耕種，讓他們可以改善生活！」

「**哇！好主意！**」李大猩舉起拇指大讚，「這樣做還可以為你老爸**積點陰德**呢。」

「對！」狐格森也附和，「意外之財用來**行善積福**就最好了。」

「閉嘴！」布圭夫怒罵，「你們可以拘捕我，但不可慫恿我女兒**做傻事**！那塊地很

值錢，應該拿來發展度假村，不能用來做善事！」

「爸爸！我還未說完。」莉里突然提高嗓音說，「我會按先祖西拉斯的說話去厚葬魯賓，那些珠寶是他們搶來的不義之財，我已決定物歸原主，全部捐給南美的博物館！」

「甚麼？你……你怎可以……！」布圭夫被氣得漲紅了臉，他拴着手杖顫巍巍地撲向莉里。可是，手杖一歪，他整個人趴倒在地上，昏過去了。

一星期後，法庭開審，分別審理了相關的三個案子——甲蟲盜竊案、哈勞特詐騙案和遺產繼承案。布圭夫插贓嫁禍，被判入獄兩年。哈勞特詐騙國會議員罪成，判監四年。由於阿瑟的遺囑上寫明，自己死後「繼承人

不得犯法」，雖然騙案發生在他死之前，但定罪卻是在他死後，結果哈勞特還是被褫奪了遺產繼承權。最終，莉里繼承了阿瑟的所有遺產。

「啊……這麼看來，**最大得益者**始終是莉里呢！」華生得悉判決結果後說，「她不但得到了大筆遺產，還知道哈勞特是個詐騙犯，避免了**錯付終身**。」

「是的。布圭夫堅持說**插贓嫁禍**是為了阻止莉里嫁給哈勞特，並不是貪圖阿瑟的農場和西拉斯留下來的珠寶。」

「原來是這樣啊！」華生感動地說，「那麼我們錯怪布圭夫先生了。想起來，不管怎樣看，

他也是個慈祥的老者呢。」

「嘿嘿嘿，
華生，你太
容易相信人
了。」福爾摩
斯斜眼看了
看華生，搖

搖頭說，「據李大猩他們說，當莉里表明會把
那些搶掠得來的珠寶捐給南美的博物館時，布
圭夫馬上就被氣得當場昏倒啊。」

「甚麼？甚麼？甚麼？甚麼人被氣得當
場昏倒？」突然，一個熟悉的聲音在背後響起。

兩人回頭一看，原來是小兔子，他不知道甚
麼時候又竄進來了。

「呀！我知道了！」小兔子煞有介事地叫

道，「愛麗絲！愛麗絲！一定是愛麗絲來追房租，你們又付不出，於是被她尖酸刻薄地罵得當場昏倒！哈哈！全給我說中了吧？」

　　聞言，福爾摩斯和華生都氣得漲紅了臉，他們二話不說，一手就抓起身旁的雜物往小兔子扔去，並齊聲喝罵：「傻瓜！快滾滾滾滾滾！」

科學小知識

【磁北】與【極北】

　　磁鐵的兩頭分為N極和S極，N極指向北方；S極指向南方。指南針就是利用磁鐵這種特性製造出來的。因為，地球就像一塊大磁鐵，也分N極和S極（下稱地磁極），地磁北（S極）位於地球的北極附近；地磁南（N極）則位於地球的南極附近。指南針內的磁針受到地球磁場的影響，磁針的N極會指向地磁北（S極）；磁針的S極則會指向地磁南（N極）。但是，地磁北和地磁南與地理上的北極和南極有偏差，並非重疊在一起。

　　而且，地球的磁場不斷變化，地磁北每天都從位於加拿大的北極往俄羅斯的西伯利亞移動幾十公里，所以100年前的磁北與現在的磁北並不一樣，用100年前磁北的定位來量度現在的方位，就會出現偏差。

　　此外，由於磁北與正北（地理上的北極）有偏差，用指南針量度正北時，必須連偏差角也計算在內，否則得出的方位是不準確的。在本案中，布圭夫的曾祖父西拉斯留下的、是以正北定位量度出來的數據。但布圭夫卻用了130年後的、以磁北定位量度出來的數據，當然是差之毫釐，謬以千里，不可能找到埋藏寶箱的正確位置了。

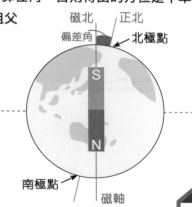

為甚麼在路邊看書？

唉，沒錢交電費，沒電燈用啊。

我捉了隻甲蟲，真漂亮！

哼，有何稀奇。

我有辦法！

嘿！吃不到的葡萄是酸的，你有嗎？

馬上捉一隻回來！

有燈了！

那是甚麼？

哈！捉到了！

真的？

螢火蟲呀！免收電費！

漂亮吧！

嘩！小強呀！

喂！亂捉蝴蝶是犯法的！

如果我是昆蟲，要像蝴蝶般漂亮。

但我喜歡研究昆蟲呀。

來我家研究吧。

如果我是昆蟲，要像獨角仙般威猛。

你家也有昆蟲嗎？

當然有。

你呢？你想變成甚麼昆蟲？

當然是蝸牛啦！

來！請隨便研究吧。

我常常露宿街頭，想有間屋住啊！

※註：小兔子搞錯了，蝸牛其實不是昆蟲，是軟體動物。

福爾摩斯科學小實驗
會旋轉的水樽蓋！

這次全靠你對磁場的認識，才找到寶箱呢。

對呀，利用磁力還可以玩遊戲呢！

---

①

圓形磁石

方形磁石

水樽蓋（以蓋頂略為凸起的為佳）

 請準備好圖中物品。

---

② 兩塊磁石向上的面必須同極。
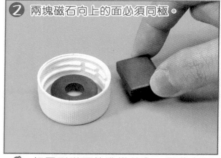

 把圓形磁石放進樽蓋內，再將方形磁石靠近水樽蓋。

---

③
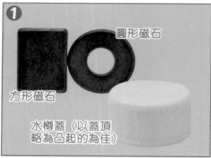

 水樽蓋彈開了，並沒有旋轉。

---

④

 如圖將方形磁石傾斜，再靠近水樽蓋。

⑤

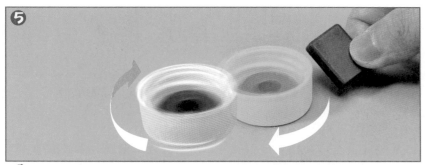

水樽蓋旋轉起來了！如在蓋邊貼上彩色紙條，會轉得更漂亮啊！

科學
解謎

　　為甚麼水樽蓋會旋轉起來呢？首先，由於我們用的是蓋頂略凸的樽蓋，它與桌面的接觸面小，減少了摩擦力，旋轉起來就很暢順了。

| 接觸面較大，摩擦力便較強。 | 接觸面較小，摩擦力便較弱。 |

　　更重要的是，樽蓋內的圓形磁石受到方形磁石的兩種力量（相吸和相斥）的驅動，想不旋轉也不行呢。

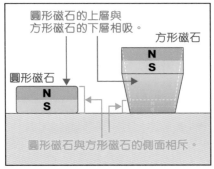

圓形磁石的上層與
方形磁石的下層相吸。
方形磁石
圓形磁石
N
S
N
S
圓形磁石與方形磁石的側面相斥。

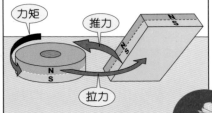

由於推力和拉力在兩塊磁石的不同位置，形成力矩，產生旋轉的作用力，就令樽蓋（圓形磁石）旋轉起來了。

力矩
推力
N
S
N
S
拉力

大偵探
福爾摩斯
─────藍色的甲蟲─────
⑤⑥

原著／奧斯汀・弗里曼
（本書根據奧斯汀・弗里曼之《The Blue Scarab》改編而成。）

改編&監製／厲河　繪畫（線稿）／鄭江輝　繪畫（部分造景）／李少棠
着色／陳沃龍、麥國龍、徐國聲　封面設計／陳沃龍　內文設計／麥國龍
編輯／盧冠麟、郭天寶

出版
匯識教育有限公司
香港柴灣祥利街9號祥利工業大廈2樓A室

承印
天虹印刷有限公司
香港九龍新蒲崗大有街26-28號3-4樓

發行
同德書報有限公司
九龍官塘大業街34號楊耀松（第五）工業大廈地下
電話：(852)3551 3388　傳真：(852)3551 3300

第一次印刷發行
Text : ©Lui Hok Cheung
© 2021 Rightman Publishing Ltd. All rights reserved.

2021年10月
翻印必究

想看《大偵探福爾摩斯》的
最新消息或發表你的意見，
請登入以下facebook專頁網址。
www.facebook.com/great.holmes

購買圖書

ISBN:978-988-75649-7-3
港幣定價 HK$60
台幣定價 NT$300

若發現本書缺頁或破損，
請致電25158787與本社聯絡。

網上選購方便快捷　　購滿$100郵費全免
詳情請登網址 www.rightman.net